Lena Hesse Philipp Winterberg

FIVE METERS OF TIME

Пять метров времени

English (English)
Russian (ру́сский язы́к)

Translation (English): Christina Riesenweber and Japhet Johnstone
Translation (Russian): Daryna V. Temerbek

www.philippwinterberg.com

Idea/Text/Illustrations: Lena Hesse · Text/Publisher: Philipp Winterberg, Münster · Fonts: Lena Hesse, Patua One, Noto Sans etc. · Photos: Philipp Winterberg, Lena Hesse etc. · Translation: Mica Allalouf, Manuel Bernal Márquez, Elspeth Grace Hall, Japhet Johnstone, Joo Yeon Kang, Chi Le, Gabriele Nero, Marisa Pereira Paço Pragier, Christina Riesenweber, Andreanna Tatsi, Reb Translations, OHT Team etc.

The story that I want to tell you happened not too long ago in a city so big that it takes many days if you try to cross it by bike. Even by car it takes several hours.

This city is crammed full of life. Life that walks and stands and crawls, strolls, creeps, jumps and sometimes even flies. Nobody knows how many people exactly are living in this city, but there might be about seven and onety three quarter phantastillion ten and one billion gillion tweleven million hundred and twenty-four thousand three hundred forty-eight and eleven.

There is rarely a house that does not have at least twenty stories to accommodate all the people of the city.

And when you walk the streets of the city, the dizzy buzz of noises becomes so loud from time to time that you have to cover your ears for a bit to clear your head again.

История, которую я хочу рассказать, произошла не так давно в городе настолько большом, что понадобилось бы много дней, чтобы пересечь его на велосипеде. И даже на автомобиле это заняло бы несколько часов.

Этот город кипит, полон жизни, – жизни, которая и ходит, и стоит на месте, и ползает, и бродит, и пресмыкается, и скачет, а иногда даже летает. Никто не знает точно, сколько людей проживает в нем, но, полагаю, эдак семь плюс десяток и еще три четверти воображиллионов десять и один миллиард миллиардов двоиннадцать миллионсот двадцать четыре тысячи триста сорок восемь и одиннадцать человек.

Здесь едва ли найдется дом, где не поведают как минимум двадцать историй о том, как все люди города поместились в нем.

И когда гуляешь по городским улицам, головокружительное шумное жужжание время от времени становится настолько громким, что приходится на мгновение закрывать уши, чтобы вернуть ясность уму.

In this city, there began a day just like any other, a regular weekday, when most of the people were running errands early in the morning or going to work. It must have been about seven a.m., when a small and slightly hunch-backed snail was standing at a crosswalk.

В этом городе день начался так же, как и любой другой, - обычный день недели, когда рано утром большинство людей бегают по делам или спешат на работу. Наверное, было около семи часов утра, когда маленькая и слегка сгорбленная улитка стояла у пешеходного перехода.

Status
VK gültig bis
Datum

It first looked to the right ...
... and then to the left ...
... and just to be sure
also up ...
... and down.
You never know.

... and after it had convinced itself that all cars were still quite far away, it started its journey. And as it is common among all snaily creatures, it was moving incredibly ....s.........................l.............................
.............o..........................w..........................
.l.................y.................................

It hadn't even moved three inches by the time everybody else had already crossed the street and disappeared into the bustling crowds on the other side. The first cars came, some with silently squeaking tires, to a halt in front of the crosswalk.

I know what you're expecting now: people checking their wristwatches in annoyance, noisy complaints, long blasts of honking, maybe some random ruffian picking up the little snail to carry it to the other side of the street hastily, so that things could ***moveonfinallymoveon!***

That's what you're counting on, right?

Nothing like that happened.

Она сначала посмотрела направо...
...а затем налево...
...и на всякий случай еще
и наверх...
...и вниз. Никогда
нельзя знать наверняка.

...и после того, как она убедилась, что все машины были еще достаточно далеко, она начала свое путешествие. Как это обычно бывает среди всех улиткообразных существ, она двигалась невероятно...........м.........е..........д.........л...
.........е.............н..............н.........о...........

Она не продвинулась и на десять сантиметров, когда все остальные уже давно перешли улицу и исчезли в оживленной толпе. Появились первые машины - некоторые тихо поскрипывали шинами - и остановились у перехода.

Я знаю, о чем вы сейчас подумали: люди раздраженно проверяют время, кричат и жалуются, машины громко сигналят длинными гудками, может быть, даже какой-то прохожий забияка схватил маленькую улитку, дабы поскорее перетащить ее на другую сторону улицы, чтобы все шевелилось, наконец, шевелилось!

Вот чего вы ожидаете, правда?

Но ничего из этого не произошло.

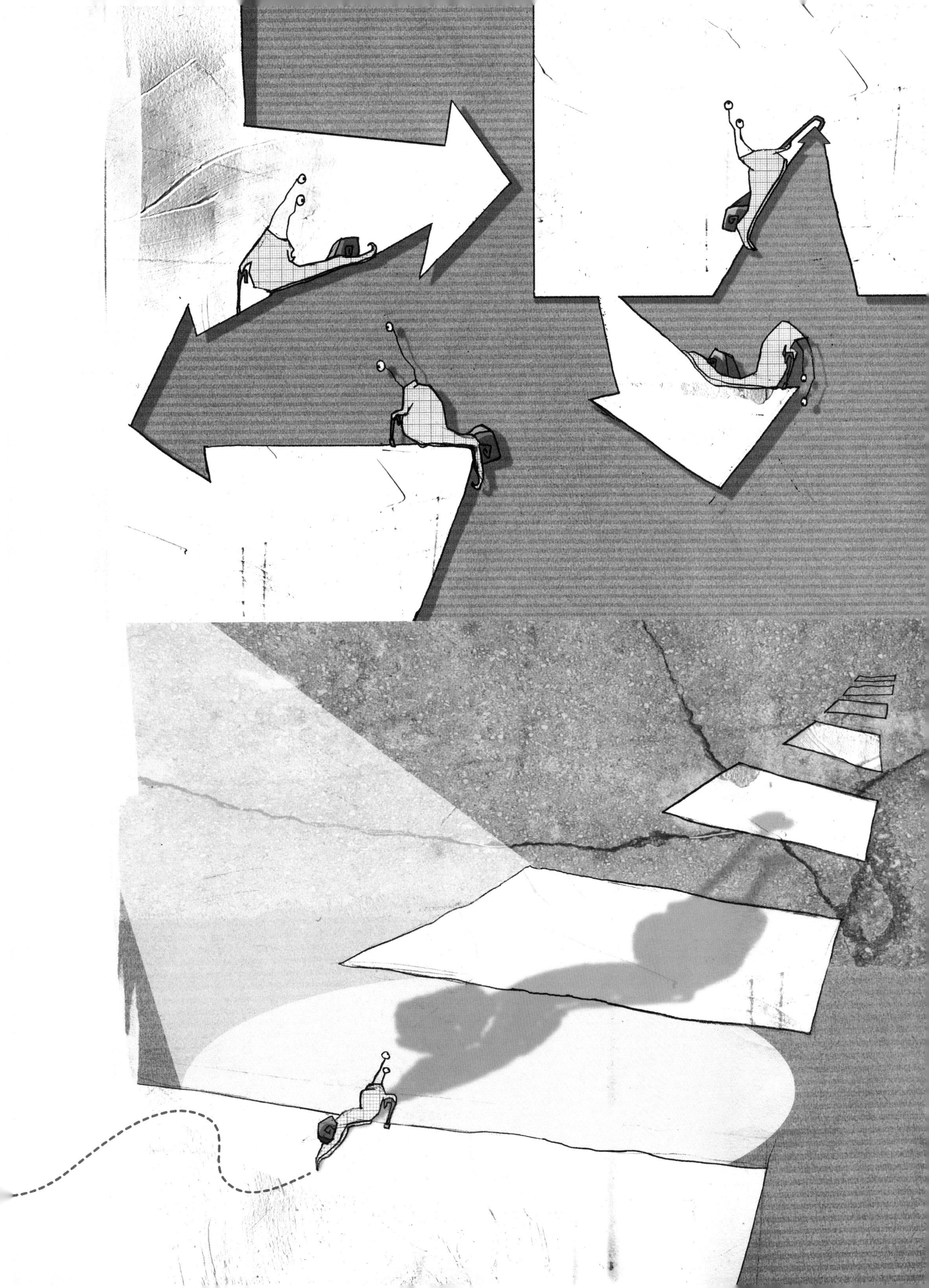

In a van that had stopped right in front of the crosswalk, there was a small tree frog. His job was to forecast the weather every day (once in the morning at six, then again at seven thirty, at noon and then again at eight in the evening).

He was the only weather-frog far and wide, and this is why he was broadcast on every TV channel in the city. The frog was about to honk his horn – considering that it was seven already and his next forecast was coming up in half an hour – when he saw, in his rear-view mirror, how behind him the sun was rising slowly and bathing all of the houses one by one in golden light.

В автомобиле с прицепом, который остановился у перехода, сидела маленькая древесная лягушка. Ее работой было каждый день передавать прогноз погоды (в шесть часов утра, затем снова в семь тридцать, потом в полдень и еще раз в восемь часов вечера).

Она была единственной погодной лягушкой в округе, поэтому ее показывали по всем телеканалам города. Лягушка уже собиралась посигналить – учитывая, что уже было семь часов, и ее следующий прогноз погоды начинался через полчаса, – когда она увидела в своем зеркале заднего обзора, как медленно встает солнце и заливает все дома, один за другим, золотистым светом.

He frowned and thought to himself:
I'm always talking about the weather.
And I've been doing this for so long now that I can't even recall the last time that I actually felt and enjoyed the weather.
After all, there is no weather in the weather studio.

He sat like that for a moment and then he turned off the engine of his van, got out and grabbed his weather-frog ladder to climb on to the roof of a house.

And he picked the highest one in the street.

Она нахмурила брови и подумала про себя: «Я всегда говорю о погоде. И я делаю это так давно, что теперь не могу и вспомнить, когда я последний раз действительно чувствовала и наслаждалась погодой. Если уж на то пошло, в телестудии погоды нет.

Некоторое мгновение она просто сидела так, а затем выключила двигатель своего автомобиля, вышла из него, взяла свою лестницу погодной лягушки и залезла на крышу дома.

И выбрала она самый высокий дом на улице.

About the same time, an Italian violin that was famous well beyond the city limits, got out of her limousine and asked the driver to help her get on the roof of the car so that everybody would see her.

'Signorina,' the driver piped up, 'The rehearsal at the Philharmonic!' The violin wasn't worried. 'At the Philharmonic, there are only empty rows of chairs at this point of the day. Some musically challenged mice at best!

But look around you – this place is full of people! There is no place nicer to play than this!'

As she stood on the roof, she curtsied and began to play for all the waiting people. And even though the song was very new (it wasn't to premiere until a week later and she still needed some practice) everybody was enchanted. They closed their eyes and listened in awe.

Примерно в тот же момент итальянская скрипка, хорошо известная за городом, вышла из своего лимузина и попросила водителя помочь ей забраться на крышу автомобиля, чтобы все ее могли видеть.

«Синьорина, - водитель загудел. - Но как же репетиция в Филармонии?!» Скрипка спокойно ответила: «В Филармонии в это время дня только пустые ряды стульев. Несколько музыкально неискушенных мышей – в лучшем случае! Но оглянитесь вокруг – здесь полно людей! Для концерта не найти лучше места, чем это!»

Взобравшись на крышу, она поклонилась и начала играть для всех, кто стоял в ожидании. И хотя песня была совсем новой (ее не собирались представлять ранее, чем через неделю, и скрипка все еще нуждалась в практике), все были очарованы. Они закрыли глаза и слушали с восторгом.

There was a scuttling in an alley. A scuttling the likes of which can only come from a many-legged creature. It was the cross spider who usually is never seen during daylight. Mostly, she spent nights annoying the tenants of the house by weaving her threads across their windows and doors and even across the street to make people trip. But now, to everybody's surprise, she lowered herself from a drainpipe and listened with half-closed eyes to the music of the famous Italian violin.

Then she picked up two long, thin sticks and started – her eyes still halfway closed – knitting.

Из переулка послышались поспешные шаги. Такие шаги, как эти, могли принадлежать только существу, у которого много лап. Это был паук-крестовик, которого обычно не встретишь при дневном свете. Чаще всего он по ночам докучает жильцам дома, плетя паутину на окнах и дверях, и даже на улице, чтобы поймать прохожих в ловушку. Но сейчас, к всеобщему удивлению, он спустился по водосточной трубе и с полузакрытыми глазами слушал музыку известной итальянской скрипки.

Затем он взял две длинных тонких спицы и – по-прежнему с полузакрытыми глазами – начал вязать.

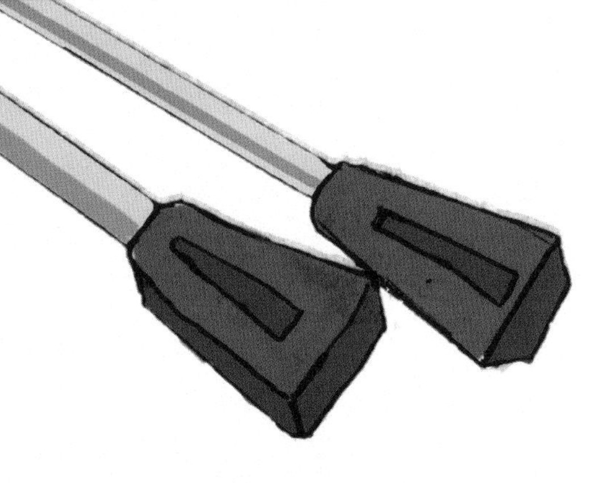

‘What are you knitting? A scarf?’ two penguins called up to the spider from the windows of their car.
‘It is still way too hot for a scarf,’ replied the spider in a friendly tone. ‘I'm not quite sure what it's gonna be.’
The penguins consulted with each other briefly.

«Что ты вяжешь? Шарф?» - прокричали два пингвина пауку из окон своих машин. «Сейчас слишком жарко для шарфа, - ответил дружелюбно паук. - Я пока не знаю, что это будет». Пингвины шустро посовещались друг с другом.

‘Make a hammock!’ one of them shouted.
‘Yes, a hammock!’ the other one backed him up. And both climbed out of their car and waddled awkwardly up to the spider.
‘For the both of us!’ they called out. ‘So we can put it up over the street and sit in it! And listen to the violin play and enjoy the sun!’
And after a little pause one said to the other:
‘And maybe we can play some cards.’

«Свяжи гамак!» - прокричал один из них. «Да, гамак!» - поддакнул ему другой. Оба вылезли из своих машин и неуклюжей утиной походкой приблизились к пауку. «Для нас двоих!» - выкрикивали они. - Чтобы мы могли натянуть его через улицу и, сидя в нем, слушать игру скрипки и наслаждаться солнцем!» После недолгой паузы один сказал другому: «Возможно, мы сможем и немного в карты поиграть».

‘We could play cards!’ the other one shouted to the spider and explained:
‘You know, we work at the casino and there we can only watch other people play. We're just the card dealers!’

«Мы могли бы в карты поиграть! - прокричал другой пауку и затем объяснил. – Видишь ли, мы работаем в казино, и там мы можем только смотреть, как играют другие. Мы же просто раздаем карты!»

‘Croupiers,’ the other whispered to him.
‘Croupiers!’ the first one corrected himself and then said, facing the spider:
‘Will you knit a hammock for us?’

«Мы – крупье», - прошептал ему другой. «Мы - крупье! - уточнил первый, а затем обратился к пауку с вопросом. – Так ты свяжешь для нас гамак?»

The spider smiled a friendly smile.

Паук дружелюбно улыбнулся.

Because spiders know how to work threads very well, it wasn't long before the two penguins were taking off their starched tuxedos and cozying up in a big hammock, made out of soft spider wool.

While the weather-frog was sitting in the sun, and while the violin was fiddling, and while the spider was knitting, and while the penguins were playing Go Fish and Rummy, at the crosswalk, in the third row, the door of a red truck opened and a gargoyle hopped out.

Так как пауки очень хорошо умеют работать с нитками, совсем скоро два пингвина уже сняли свои чопорные смокинги и умостились на большом гамаке, связанном из мягкой паучьей шерстяной нити.

Пока погодная лягушка грелась на солнце, пока скрипка играла, пока паук вязал, а пингвины играли в «сундучки» и «рамми», на переходе, в третьем ряду, открылась дверца красного грузовика, и оттуда выпрыгнула горгулья.

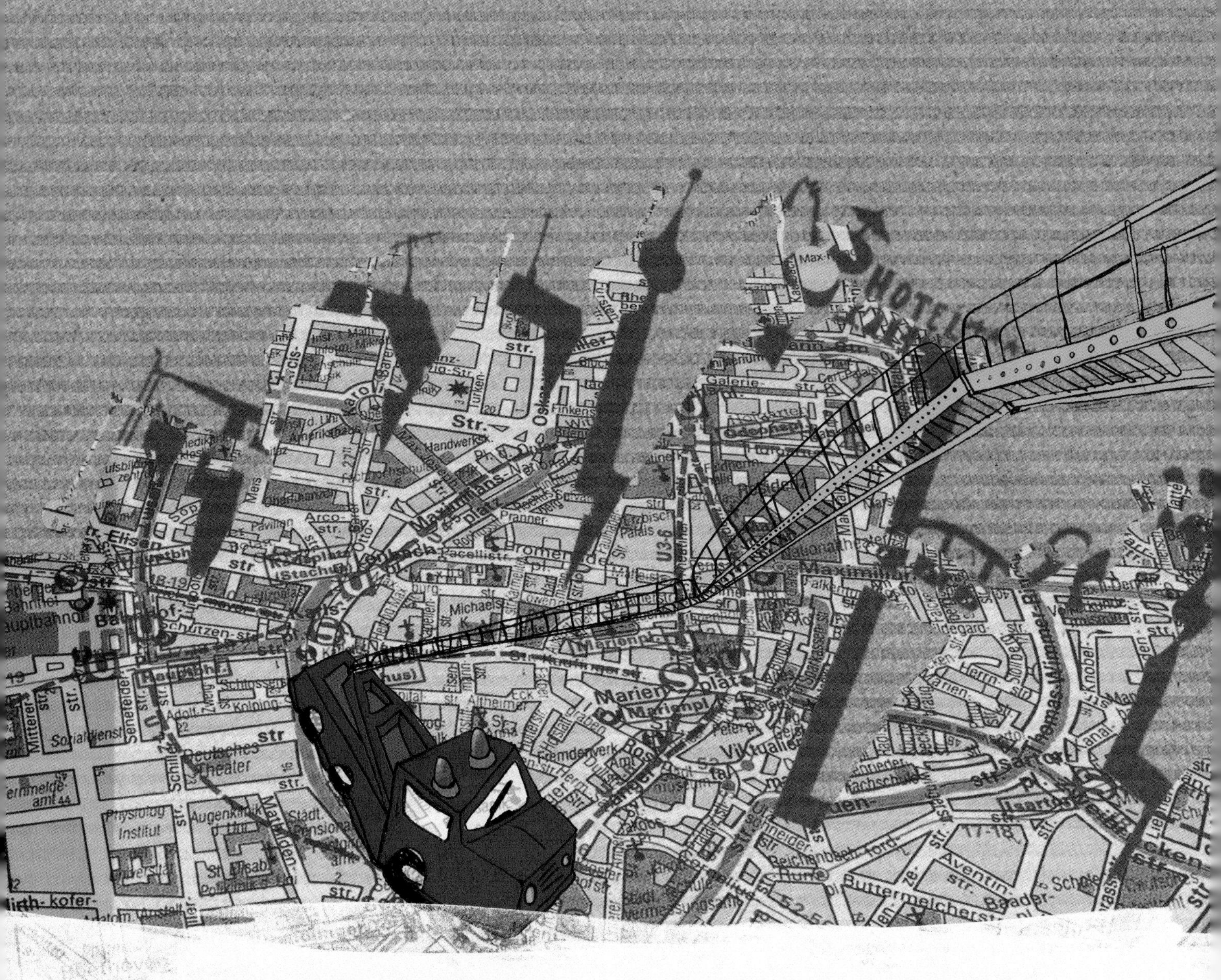

From the outside, gargoyles don't look much different from average dragons, but instead of fire they breathe – you guessed it: water.

Because of this special ability they usually work with the fire department. Therefore, nobody was surprised to see that this particular gargoyle was traveling in a fire truck. With a steady hand he extended the metal ladder that was part of the truck. 'What are you up to?' somebody asked him – because there didn't appear to be a fire anywhere nearby or a kitten stuck in a tree.

'I stand on this ladder all the time, but I've never actually considered for a single moment just enjoying the beautiful view!' said the gargoyle with a grin.
Then he started his climb.

And when he saw the big city spread out below him in the warm sunlight, he was so full of joy that he made a big cloud of shiny bubbles that floated gently to the ground and burst with a barely audible
... POP.

Внешне горгульи не особо отличаются от среднестатистических драконов, но вместо пламени они извергают – кто бы мог подумать – воду!

Благодаря этому особому умению они обычно работают в пожарной службе. Поэтому никто особо не удивился, увидев эту горгулью на пожарной машине. Сильной рукой она разобрала металлическую лестницу, которая была частью грузовика. «Что ты собираешься делать?» - кто-то спросил ее. Не похоже, чтобы где-то поблизости был пожар или котенок застрял на дереве.

«Я постоянно взбираюсь на эту лестницу, но ни на миг мне не приходила в голову мысль о том, чтобы просто наслаждаться восхитительным видом!» - ответила горгулья с ухмылкой. И она начала карабкаться вверх.

Когда же она увидела простирающийся внизу большой город, залитый солнечным светом, ее настолько переполнила радость, что она выпустила большое облако сияющих мыльных пузырей, которые мягко падали на землю и лопались с едва слышным ...ХЛОП.

Many hours later, when the little snail had finally reached the other side of the street, the twilight of night was already approaching.

Много часов спустя, когда маленькая улитка наконец-то добралась до другого конца улицы, уже сгущались сумерки ночи.

‘Good to see you – I've just arrived, too!’ the rabbit greeted. He had been waiting for the snail leaning against a light post. ‘What should we do? Are you hungry?’

«Рад тебя видеть! Я тоже только сейчас пришел», - поприветствовал ее кролик. Он ждал улитку, прислонившись к фонарному столбу. «Что будем делать? Ты голодна?»

'And how!' the snail sighed and its gaze turned all dreamy at the thought of fresh lettuce.

«Еще бы!» - вздохнула улитка, и с мечтательным взглядом вспомнила о свежих листьях салата.

'I've been traveling for quite a while ...'

«Я уже достаточно долго путешествую...»

The weather frog decided to drive back to the TV studio once again to make the last weather forecast of the day. The next day would be sunny, he knew that. After all, he had been watching the sky all day. For the first time, he thought, I have the feeling that I actually know what I'm talking about.

Погодная лягушка решила вернуться в ТВ-студию, чтобы в очередной раз передать последний прогноз погоды за день. Следующий день будет солнечным, она знала это. В конце концов, она весь день наблюдала за небом. «Впервые в жизни, - подумала она, - у меня чувство, что я действительно знаю, о чем говорю».

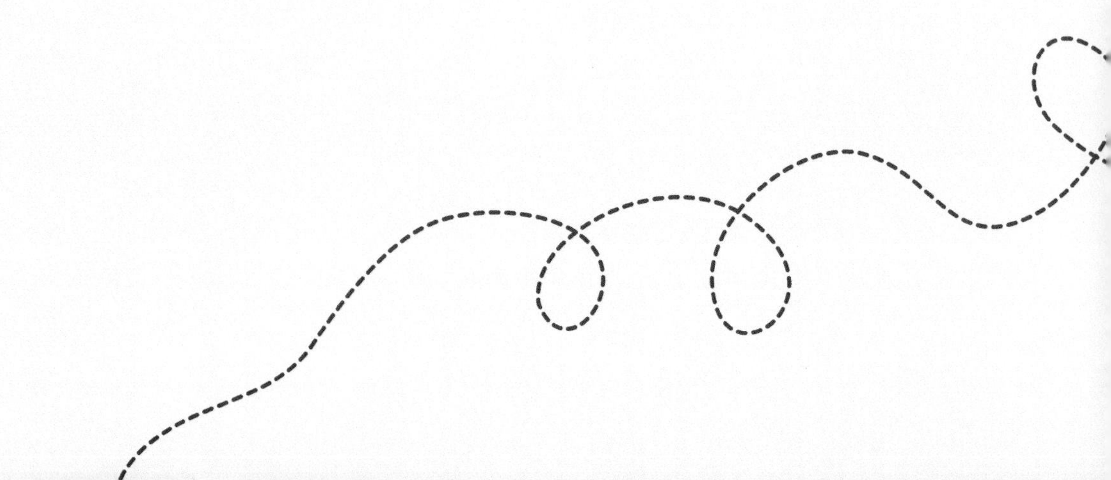

Everybody else who had been waiting now continued on their way, filled with happiness from the sun, the music, and the bubbles. Some were carrying hammocks or clothes under their arms that the spider had made for them. The two casino penguins collected their playing cards, slipped back into their elegant tuxedos and gave their spot in the hammock over to the fat cross spider. She made herself cozy there and – tired from all her new impressions of the city in the daylight – fell asleep happily.

Все остальные ожидавшие продолжили свой путь, исполненные радости от солнца, музыки и мыльных пузырей. Некоторые несли под мышками гамаки или наряды, которые для них связал паук. Два пингвина из казино собрали карты, быстро прыгнули в свои элегантные смокинги и уступили место в гамаке толстому пауку-крестовику. Он устроился там поудобнее, уставший от новых впечатлений о городе в дневном свете, и радостно уснул.

THE END
Конец

Many thanks to all translators!

Mica Allalouf, Rizky Ranny Andayani, Kristel Aquino-Estanislao, Manuel Bernal Márquez, Sanja Bulatović, Jingyi Chen, Meliha Fazlic, Rudolf-Josef Fischer, Elspeth Grace Hall, Tania Hoffmann-Fettes, Renate Glas, Sabina Hona, Tamara Hveisel Hansen, Liliana Ioan, Japhet Johnstone, Joo Yeon Kang, Şebnem Karakaş, Chi Le, Gabriele Nero, Alina Omhandoro, Marisa Pereira Paço Pragier, Juga Réka, Christina Riesenweber, Iliriana Bisha Tagani, Andreanna Tatsi, Daryna V. Temerbek, Emanuela Usai, Mai-Le Timonen Wahlström, An Wielockx, Laurence Wuillemin, Galina Konstantinovna Zakharova etc.

Philipp B. Winterberg M.A. studied Communication Science, Psychology and Law. He lives in Berlin and loves being multifaceted: He went parachuting in Namibia, meditated in Thailand, and swam with sharks and stingrays in Fiji and Polynesia.

Philipp Winterberg's books introduce new perspectives on essential themes like friendship, mindfulness and happiness. They are read in languages and countries all over the globe.

■ MORE ■ MÁS ■ DI PIÙ ■ PLUS ■ MEHR ■

WWW.PHILIPPWINTERBERG.COM

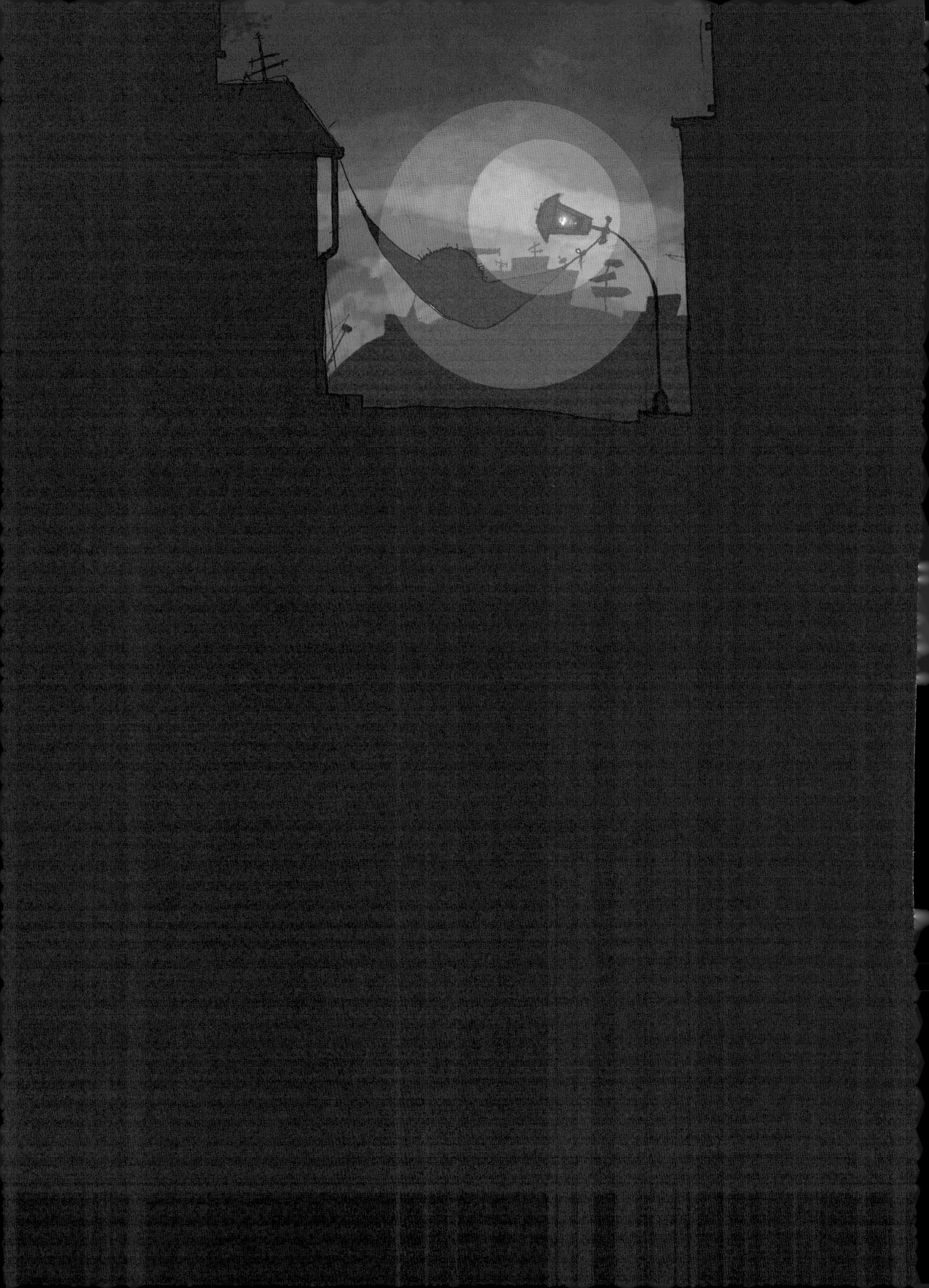

Printed in Great Britain
by Amazon